메타버스, 어썸 시티를 지켜라!

이승민 글

원래는 글쓰기를 싫어했지만, 일기를 쓰기 시작하면서 글을 쓰게 되었습니다.
멍하니 앉아서 이야기를 생각하는 시간을 가장 좋아합니다.
지금까지 쓴 책으로는 〈숨민이의 일기〉 시리즈와 〈천하무적 개냥이 수사대〉 시리즈,
《개마법사 쿠키와 일요일의 돈가스》, 《소원 코딱지를 드릴게요》 등이 있습니다.

윤태규 그림

광고를 공부하고, 지금은 작은 산 아래 작업실에서 글을 쓰고 그림을 그리고 있습니다.
쓰고 그린 책으로 《소중한 하루》가 있고, 그린 책으로 《한밤중 달빛 식당》, 《신호등 특공대》, 《소곤소곤 회장》,
《내 맘대로 엉뚱 구구단》, 《또 또 또! 수요일》, 《노래는 최선을 다해 곡선이다》 등이 있습니다.

메타버스, 어썸 시티를 지켜라!

초판 1쇄 발행 2023년 3월 15일
글 이승민 | 그림 윤태규
펴낸이 홍성우 | **책임 편집** 스튜디오 플롯 | **디자인** 꽁디자인
펴낸곳 기린미디어 | **등록** 2016년 4월 26일 제 409-2016-000009호
제조국 대한민국 | **주소** 경기도 김포시 모담공원로 17 | **사용연령** 8세 이상
전화 0505-302-2381 | **팩스** 0505-300-2381 | **전자우편** girinmedia@daum.net

글 ⓒ 이승민 2023
그림 ⓒ 윤태규 2023

ISBN 979-11-92340-31-9 74810
      979-11-92340-30-2 (세트)

메타버스, 어썸 시티를 지켜라!

알지YOU

이승민 글
윤태규 그림

기린미디어

차례

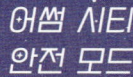

작가
의말

현실 세계와 가상 세계에서
함께 만든 이야기

《메타버스, 어썸 시티를 지켜라!》를 쓰기 시작한 건 더운 여름날이었어요. 에어컨이 시원하게 나오는 방 안에서 컴퓨터를 하고 있었지요. 그때 내가 하던 건 컴퓨터 속의 조그마한 캐릭터로 농장을 가꾸는 게임이었어요. 게임을 하는데 '캐릭터'가 꼭 나처럼 느껴졌어요. 캐릭터가 입을 옷을 고를 때면, 꼭 내가 무슨 옷을 입을지 고민하는 것처럼 굉장히 신경 써서 골랐어요. 게임 속에서 농사가 잘돼서 캐릭터가 기뻐하면, 나도 정말 행복했고요.

흔히 '메타버스'를 이야기할 때 처음 등장하는 단어가 바로 '게임'

이에요. 특히 게임 속에서 현실과 비슷한 활동을 할 때 많이 이야기하지요. 하지만 '메타버스'는 게임만 이야기하는 게 아니에요. 게임은 '메타버스' 중에서도 '가상 세계'일 뿐이에요. '메타버스'는 증강 현실 세계, 라이프로깅 세계, 거울 세계, 가상 세계를 통틀어서 부르는 용어거든요. 사이버 세상에서 살아가는 우리의 모습이 모두 '메타버스' 안에 있지요.

이때 메타버스에 관한 이야기를 써 보지 않겠냐는 제안을 받았던 것도 스마트폰 메신저를 통해서였어요. 인터넷과 전자 도서관을 통해서 '메타버스'에 대한 정보를 모았고요. 그다음에는 컴퓨터를 사용해서 이야기를 디지털 글자로 옮겼고, 완성된 원고를 출판사 이메일로 전송했어요. 책이 출간되는 날에는 독자들에게 SNS를 통해 가장 먼저 알리게 되겠지요. 이 이야기를 쓰는 동안, 나는 현실 세계에 있으면서 동시에 가상 세계에 있었어요.

《메타버스, 어썸 시티를 지켜라!》를 읽어 보면 '메타버스'에 대해 좀 더 자세히 알게 될 거예요. 그럼 같이 어썸 시티로 떠나 볼까요?

홍지유

평범해 보이지만 결코 평범하지 않은 아홉 살 소녀.
낯선 상황을 두려워하는 소심한 성격이지만,
불의를 보면 참지 못하고 용감하게 나서는 의외의 면도 있다.
강아지와 고양이 같은 동물들을 매우 좋아하며,
쿠키 아이스크림, 메타버스에서 친구들과 놀기,
킥보드 타기, 캠핑을 좋아한다.

지유의 메타버스 속 캐릭터.   **물방울21**
과감하고 세련된 패션 센스를 갖고 있다.

강민준   지유의 친구. 운동을 싫어하고, 겁이 많다.
생각이 많아서 행동이 느린 편이다.
이런 점이 답답해 보일 때도 있지만,
그만큼 신중하고 차분하며 암기력이 좋다.
좋아하는 것은 지유와 초콜릿 아이스크림, 파란색, 상상하기.

블루씨

민준의 메타버스 속 캐릭터.
늘 파란색 안경을 쓰고 있다.

지유 아빠

스마트폰 앱을 만드는 프로그램 개발자.
벌레를 무서워하고, 겁이 많다.
가족들에게 맛있는 요리를 해 주는 것을 좋아하고,
가족과 자연 속으로 캠핑 가는 것을 좋아하지만,
일이 너무 바빠서 가족들에게 늘 미안한 마음을 갖고 있다.

지유 엄마

어린이책을 쓰는 작가.
호기심이 강하고, 대범한 성격이다.
요리는 아빠보다 못하지만,
집 정리와 청소는 누구보다 잘한다.
오래된 컴퓨터와 키보드를 수집하는 취미를 갖고 있다.

레이크 백화점에
오신 걸
환영합니다

오늘은 비대면 수업을 하는 날이야.

지유네 담임 선생님이 말했어.

"우리는 이미 메타버스 안에서 살고 있어요."

선생님은 이렇게 말하기도 했어.

"우리가 살아가는 사이버 세상이 전부 메타버스라고 할 수 있지

요. 일상에서 경험한 메타버스에 대해 발표해 볼까요?"

지유가 가장 먼저 손을 들었어.

"선생님, 제가 진짜 어마어마한 걸 경험했어요!"

며칠 전에 있었던 일이야.

지유는 스마트폰 메신저를 열었어. 지유와 가장 친한 친구, 민준이에게 연락할 참이었거든.

민준이의 프로필 사진에는 '엄청 심심해.'라는 말이 열 번이나 적혀 있었어.

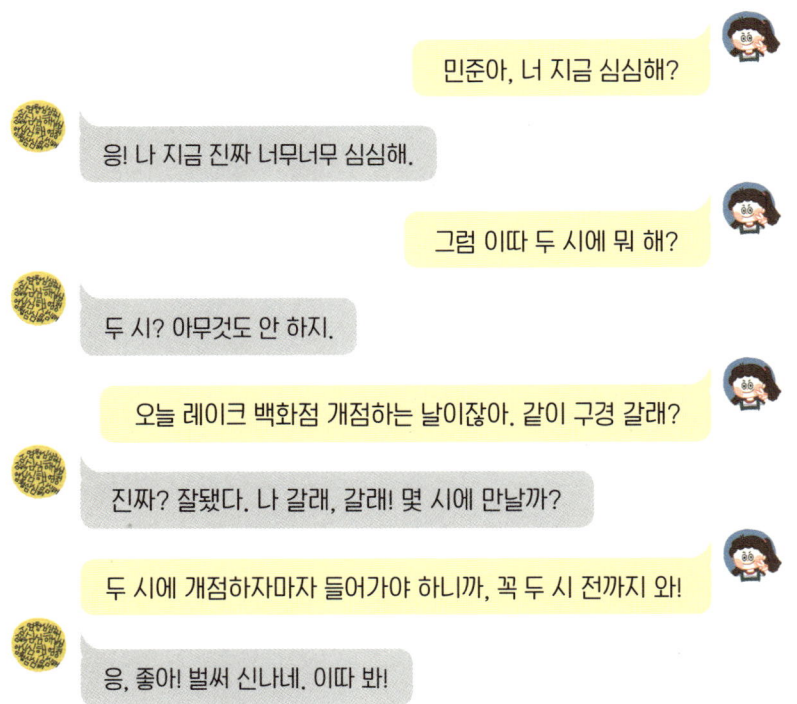

민준아, 너 지금 심심해?

응! 나 지금 진짜 너무너무 심심해.

그럼 이따 두 시에 뭐 해?

두 시? 아무것도 안 하지.

오늘 레이크 백화점 개점하는 날이잖아. 같이 구경 갈래?

진짜? 잘됐다. 나 갈래, 갈래! 몇 시에 만날까?

두 시에 개점하자마자 들어가야 하니까, 꼭 두 시 전까지 와!

응, 좋아! 벌써 신나네. 이따 봐!

지유는 프로필 사진을 신나는 일이 있을 때마다 올리는 행복한 표정의 곰돌이 사진으로 바꿨어.

지유는 한 시부터 가상 현실 프로그램 '어썸 시티'에 접속했어.

사실 오늘 지유와 민준이가 가기로 한 레이크 백화점은 현실에 있는 백화점이 아니야. 전 세계 3억 명의 유저가 사용하는 가상 현실 '어썸 시티'에 새로 생기는 백화점이지.

지유는 곧장 캐릭터 옷장을 열어 보았어.

"어제 아마존 탐험을 갔다 와서, 지금 옷차림은 탐험가 같잖아. 백화점에 갈 때 입기엔 안 어울려."

지유는 옷장에 있는 수없이 많은 옷을 꺼내 입어 보며 옷을 신중하게 골랐어. 어떤 옷은 너무 평범했고, 어떤 옷은 너무 화려했지. 백화점에 갈 때 입을 만한 옷이 없었어.

재택근무를 하던 아빠가 고민하는 지유를 보며 말했어.

"그냥 게임 캐릭터일 뿐인데 아무거나 입으면 안 돼?"

말도 안 되는 얘기야.

"친구들 모두 내 아이디가 '물방울21'인 걸 아는데, 아무렇게나 입고 다닐 수 없어."

　지유는 한 시 오십 분까지 옷을 고르고 골랐어. 마침내 빨간색 구두와 발목까지 올라오는 검은색 양말을 신었어. 종아리까지 내려오는 파란색 원피스를 입은 다음, 귀여운 밀짚모자까지 썼지.

　"이제야 딱 마음에 드네."

　어느새 시간은 한 시 오십칠 분이었어.

　"아, 늦겠다. 얼른 들어가야지."

지유는 두 시가 되기 딱 일 분 전, 백화점 앞에 도착했어.

"민준이가 어디 있을까? 파란색 안경만 보면 금방 찾을 수 있는데……."

지유는 아이템 가방에서 드론을 꺼내 날렸어. 드론으로 레이크 백화점 앞에 모인 수많은 캐릭터를 둘러봤어. 역시 민준이는 금방 찾을 수 있었지. 반짝반짝 빛나는 파란색 안경을 쓴 캐릭터를 찾으면 되거든.

지유의 캐릭터, '물방울21'이 민준이의 캐릭터, '블루씨'를 향해 뛰어갔어.

"나 어떻게 찾았어?"

민준이가 지유를 보고 콩콩 뛰었어.

"어썸 시티에서 널 찾는 건 쉬워. 파란색 안경만 찾으면 되잖아."

그때 바로 딱 두 시 정각이 됐어. 레이크 백화점 앞에 AI 선샤인이 나타났지.

민준이가 소리쳤어.

"와, 나 선샤인을 실시간으로 보는 건 처음이야. 어썸 시티를 만든 AI 선샤인!"

전 세계 어썸 시티 유저 여러분!
기다리고 기다리던 레이크 백화점이 개점합니다.
즐거움이 가득한 레이크 백화점에서
행복한 시간 보내시길 바랍니다!

우아!

대머리다!

선샤인!

사랑해요, 선샤인!

문 열어 줘!

드디어!

밀지 마.

와, 너무 기대돼.
얼른 가자.

응응. 얼른 가자.

쟤, 모자 귀엽다.

우리도 살까?

레이크 백화점 층별 안내

레이크 백화점은 1층부터 1,000층까지 있습니다.

1,000F 4차원 세계 탐험
999F 조선 시대 탐험
998F 1,000미터 심해 탐험

.
.
.

5F 미래 여행 아이템
4F 중세 유럽 아이템
3F 선사 시대 아이템
2F 우주여행 아이템
1F 로비

메타버스가 뭐야?

'메타버스(Metaverse)는' 초월, 가상을 의미하는 메타(Meta)와 우주, 세계를 뜻하는 유니버스(Universe)를 합친 합성어야.

다시 말하자면 메타버스는 현실 세상이 아닌 스마트폰이나 컴퓨터 같은 디지털 미디어 속에 새로 생겨난 세상을 말하는 거야. 그리고 그 사이버 세상 속에서 살아가는 우리의 아바타를 말하기도 하지. 게임 속 캐릭터처럼 말이야.

메타버스라는 말은 1992년 닐 스티븐슨의 《스노 크래시》라는 SF 소설에서 처음 등장했어. 그때는 메타버스가 아주 먼 미래에 나타날 줄 알았지만, 지금 이미 우리는 메타버스 속에서 살고 있지. 오늘날 우리는 이 새로운 세상에서 친구를 사귀며 사회관계를 맺고, 문화적 교류도 하고, 경제 활동을 하기도 해.

사이버 세상을 살아가는 아바타

'아바타'는 '나를 대신할 수 있는 캐릭터'를 뜻하는 말이야.

아바타라고 하면 맨 처음 게임 캐릭터를 떠올리기 마련이지. 지유와 민준이의 '어썸 시티' 캐릭터처럼 말이야.

그런데 아바타는 게임 속에만 있는 게 아니야. 우리는 이미 생활 곳곳에 아바타를 두고 있거든.

예를 들어 볼까? 지유의 메신저 프로필 사진은 행복한 표정의 곰돌이야. 이 사진을 보면 지유가 어떤 상태인지 알 수 있지. 그래서 프로필 사진도 아바타가 될 수 있어.

그리고 지유의 스마트폰 전화번호는 숫자에 불과하지만, 그 전화번호는 지유에게만 있는 거야. 그러니까 전화번호도 지유의 아바타라고 할 수 있지. 이처럼 사이버 세상 속에서 나를 대신할 수 있다면 그 어떤 것도 아바타가 될 수 있어.

사이버 세상을 탐험해 볼까?

미국의 기술 연구 단체 ASF(Acceleration Studies Foundation)에서는 메타버스를 네 가지로 분류했어.

① 증강 현실 세계 ② 라이프로깅 세계 ③ 거울 세계 ④ 가상 세계

지유와 민준이를 따라가다 보면 이 네 가지 종류의 메타버스를 하나씩 만나 볼 수 있어. 이 네 가지의 메타버스 세계는 조금씩 다르지만, 비슷한 부분을 가지고 있기도 해. 이제 지유와 민준이를 따라 함께 탐험하면서 하나씩 살펴볼까?

어둠의 해커,
다크 팰리스의 등장

지유와 민준이는 몇 층부터 구경할지 한참을 고민했어.

"저기 봐. 1층부터 500층까지는 물건 파는 쇼핑몰이고, 501층부터 1,000층까지는 가상 현실 탐험 시설이래."

"나는 701층에 있는 '목성 탐험'은 꼭 가 보고 싶어."

"나는 925층에 있는 '고대 이집트'에 가 보고 싶은데!"

"그럼 둘 다 가면 되지."

그때였어. 갑자기 주변이 새하얗게 변하더니 엘리베이터가 사라졌어. 그뿐이 아니었어. 레이크 백화점도 사라지고, 어썸 시티의

호수 공원도 사라졌어. 지유와 민준이는 사방이 새하얀 공간에 서 있었지.

어디선가 음침한 목소리가 들렸어.

"나는 어둠의 해커 '다크 팰리스'다.
지금부터 다크 팰리스가 '어썸 시티'를 접수한다.
앞으로 내 허락 없이는 그 누구도 어썸 시티에 접속할 수 없다!"

그리고 지유는 강제로 접속이 끊겼어. 곧장 민준이에게 메신저로 말을 걸었어.

"이게 무슨 일이지? 그냥 이벤트 같은 건가?"

"전체 유저들의 접속이 끊겼대. 진짜 해킹당했나 봐."

다크 팰리스의 어썸 시티 해킹은 텔레비전 뉴스에도 나올 만큼 큰 사건이었어. 다크 팰리스는 어썸 시티를 파괴하는 게 목적이라고 했어. 그리고 어썸 시티는 정말 다크 팰리스에 의해 사라질 위기였지.

그런데 그날 밤, 지유에게 메일 하나가 도착했어.

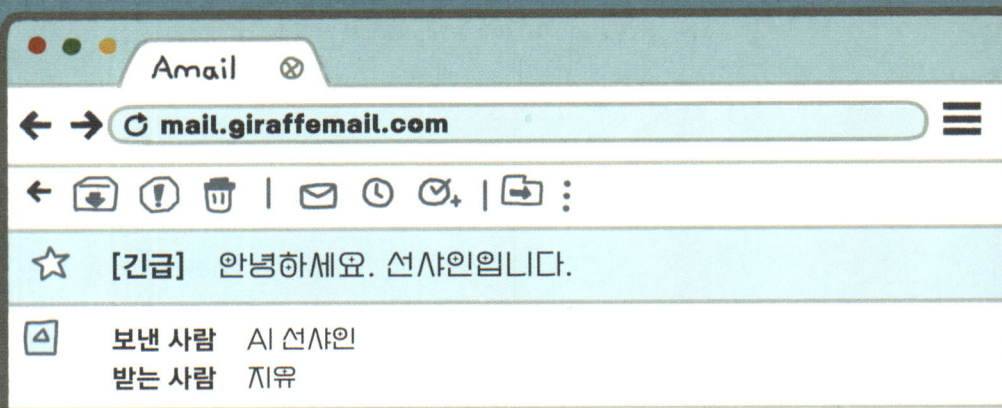

mail.giraffemail.com

☆   **[긴급]**   안녕하세요. 선샤인입니다.

◪   **보낸 사람**   AI 선샤인
       받는 사람   지유

안녕하세요. 어썸 시티를 관리하는 AI 선샤인입니다.

긴급 상황이라 랜덤으로 딱 한 명의 유저에게 이 메일을 보냅니다.

해킹으로 어썸 시티가 곧 사라질지도 모릅니다.

저는 이런 상황을 대비해 어썸 시티를 복구할 수 있는

방법을 숨겨 놓았습니다.

이 메일을 받은 유저는 저를 도와 어썸 시티를 구해 주세요.

z966.01-abcㄱㄴ.998077

이게 단서입니다.

메타버스의 의미를 따라가다 보면 어썸 시티를 복구할 수 있을 거예요.

방법을 더 자세하게 알려 드리고 싶지만,

이제 곧 0.000000001초 후에 제 기능이 정지될…….

지유는 얼른 민준이에게 전화를 걸었어.

"어썸 시티를 살릴 방법이 있는데, 단서가 z966.01-abcㄱ ㄴ.998077. 이게 다야."

"응? 그거 도서관에 있는 도서 분류 기호랑 비슷한데?"

"아, 정말 그러네?"

지유는 얼른 전국 도서관 홈페이지에 접속해서 단서를 검색해 보았어.

z966.01-abcㄱㄴ.998077
《봄날을 위한 노래》
무진 시청 도서관 소장

"그런데 무진 시청 도서관이 어디 있지?"

지유의 물음에 민준이가 지도 앱으로 도서관의 위치를 검색했어.

"무진 시청은 여기에서 1,000킬로미터나 떨어져 있다는데? 차를 타고 가도 열 시간이 넘게 걸려."

지유는 울상이 됐어. 부모님한테 '어썸 시티'를 구하러 1,000킬로미터 밖에 있는 도서관에 간다고 하면 혼나기만 할 게 뻔하니까.

그때 민준이가 새로운 걸 발견했어.

"지유야, 이거 봐."

전국 도서관 가상 현실 시스템 시범 사업!

집에서 전국 도서관의 모든 소장 도서를 만나 보세요!

"여기에 무진 시청 도서관도 있어!"

시스템에 접속하려면 전용 고글이 필요했어. 마침 민준이네 집에

전용 고글이 있어서 지유가 얼른 민준이네 집으로 갔지.

두 사람은 고글을 쓰고 도서관 가상 현실 시스템에 접속한 다음,

무진 시청 도서관을 찾았어.

민준이가 말했어.

"집에서 이렇게 멀리 있는 도서관에 가게 될 줄은 상상도 못 했어."

지유는 곰곰이 생각하다가 문득 깨달았어.

"AI 선샤인이 메타버스의 의미를 따라가야 한다고 했잖아. 지금

우리가 그걸 하고 있는 거 같아!"

지유의 말을 들은 민준이가 고개를 끄덕였어.

"아, 그러네! 아까 본 지도 앱은 메타버스의 거울 세계잖아. 또 사이버 도서관은 가상 세계이기도 해. 어썸 시티처럼!"

지유는 책, 《봄날을 위한 노래》를 찾았어. 2층 종합 자료실 맨 구석에 있었지. 책을 펼치니까 이런 문구가 보였어.

당신이 이 책을 보게 된 것은 어썸 시티가 비상 상황이기 때문입니다.
당신의 손에 어썸 시티의 미래가 걸려 있습니다.

지유가 말했어.

"이제 뭘 하면 될까?"

"얼른 책을 더 읽어 보자."

3단계의 과정을 거치고 나면
어썸 시티를 초기화할 수 있습니다.

지유는 두근거리는 마음으로 책장을 넘겼어.

당신이 이 책을 보게 된 것은
어썸 시티가 비상 상황이기 때문입니다.
당신의 손에 어썸 시티의 미래가 걸려 있습니다.
3단계의 과정을 거치고 나면
어썸 시티를 초기화할 수 있습니다.

우리는 이미 가상 세계 안에 살고 있어

가상 세계는 말뜻 그대로 사이버 공간을 말하는 거야. 영화, 애니메이션, 게임 등 아주 다양한 가상 세계가 있지. 현실과 아주 비슷한 가상 세계가 있는가 하면, 작은 점인 픽셀 그래픽으로 이뤄진 가상 세계도 있어. 또 가상 세계로 선사 시대를 탐험하거나, 우주여행을 하기도 하고, 조선 시대로 가 볼 수도 있어.

가상 세계는 그래픽으로 이뤄진 사이버 공간에만 있는 건 아니야. 우리가 친구들과 쓰는 메신저나 SNS 역시 가상 세계야. 주로 글과 사진으로 만드는 가상 세계지.

우리는 가상 세계에서도 현실과 비슷한 활동을 해. 친구들과 이야기하고, 놀고, 공부하지. 그리고 현실에서 느끼는 감정을 가상 세계에서도 똑같이 느껴.

현실 세계의 복사판, 거울 세계

거울 세계는 현실의 모습을 사이버 공간으로 옮긴 것을 말해. 거울 세계는 사람들에게 편리함을 주도록 발전했어.

거울 세계도 우리 주변에서 쉽게 찾을 수 있어. '온라인 지도'가 바로 거울 세계야. 예전에는 여행을 갈 때 엄청나게 두꺼운 지도가 필요했지만, 지금은 아주 편리하게 온라인 지도를 볼 수 있지.

음식 배달 앱도 거울 세계야. 수많은 식당을 앱이라는 가상 공간에 모았잖아. 비대면 수업도 마찬가지고 말이야.

코로나 시대의 메타버스

코로나 시대 이후에는 가상 세계와 거울 세계가 우리 생활에 더 적극적으로 활용되고 있어. 코로나로 인해 학교나 회사에 갈 수 없던 사람들이 방법을 찾은 거지.

코로나 때문이 아니어도 현실에서 많은 사람이 한자리에 모이기가 어렵잖아. 개인적인 사정 때문에 외출을 할 수 없을 때도 많고 말이야.

이제 온라인으로 하는 비대면 수업은 모두에게 익숙한 수업 방식이 됐어. 어른들이 인터넷으로 생필품이나 먹거리를 사는 일이나, 재택근무를 하면서 비대면 회의를 하는 것도 익숙해졌어. 코로나 시대 이전에는 상상도 못 할 일이었지.

그리고 수많은 사람이 모여야 할 축제를 메타버스 안에서 열기도 해.

예를 들어 비대면 마라톤 대회처럼 말이야. 비대면 마라톤 대회는 혼자

달리지만, 동시에 다 함께 달리는 것이기도 하단다.

AI 문라이트

'어썸 시티' 복구 작업을 시작합니다.

첫 번째 미션은 복구용 AI를 찾는 것입니다.

아래 주소는 잠시 후 사라집니다.

잘 외우세요.

사동시 기린로 123-4, 지하 1층

비밀번호 2250

지유가 말했어.

"아, 진짜 읽자마자 사라지네."

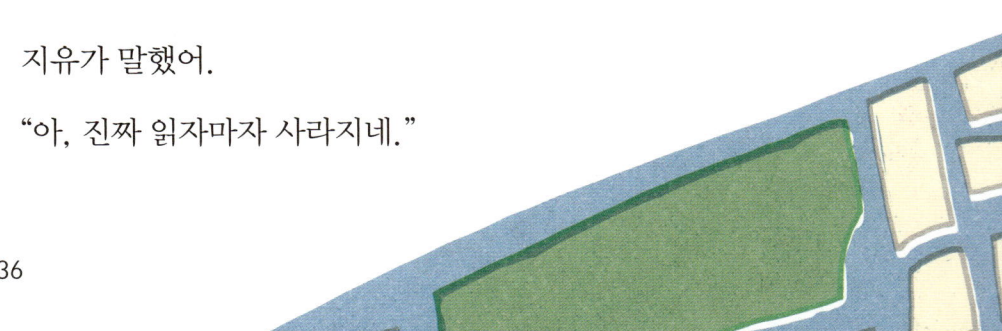

민준이가 대답했어.

"내가 벌써 다 외웠어. 내가 또 외우는 데 선수잖아."

"근데 사동시 기린로면 우리 동네잖아. 지도 앱으로 찾아보자."

지유와 민준이는 집에서 나왔어. 지유는 스마트폰의 지도 앱을 열어 주소를 입력했지.

"여기서 걸어서 십오 분이면 갈 수 있어. 얼른 가 보자."

지도 앱은 지유와 민준이가 지금 있는 곳과 목적지를 표시해 줬어. 또 어떤 방향으로 가야 하는지도 안내해 줬어.

도착한 곳은 빨간색 벽돌로 지어진 조그만 빌딩이었어. 지하로 내려가는 계단은 어두컴컴했지.

안녕하세요.
저는 AI 문라이트라고 해요.
제가 가동됐다는 건, 어썸 시티에
무슨 일이 생긴 거군요.

맞아요.
다크 팰리스한테 해킹을
당해서 지금 아무도 접속하지
못하고 있어요.

음, 좋아요. 이름이 뭐예요?

전 지유예요.
얘는 제 친구
민준이고요.

좋아요. 지유 님. 저를 찾은 게 첫 번째 단계예요.
이제 두 번째 단계로 나아갈 준비가 됐나요?
힘들겠지만 할 수 있을 거예요.

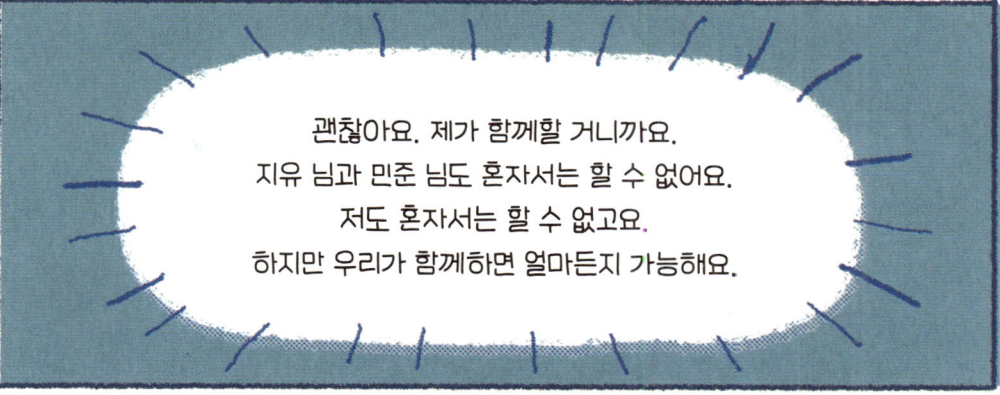

"일단 책상 서랍을 열면 작고 네모난 물건이 있을 거예요."

지유가 서랍을 열었어. 서랍 안에는 처음 보는 물건이 있었지.

"이게 뭐예요?"

"그건 플로피 디스크라고 해요. 어썸 시티를 복구시킬 열쇠나 마찬가지죠."

"그럼 이제 어떻게 하면 돼요?"

"제가 길을 안내할게요. 따라오세요."

옆에서 가만히 기다리던 민준이가 말했어.

"지금 뭐 하는 거야?"

민준이에게는 문라이트의 목소리가 안 들렸거든.

지유는 민준이에게 문라이트가 해 준 이야기를 그대로 전해 줬어. 민준이가 다시 물었지.

　"이제 어디로 가?"

　"모르겠어. 안경에 화살표로 길 안내가 나오는데, 일단 그걸 따라가래."

　민준이가 말했지.

　"그럼 문라이트가 또 다른 비밀 장소로 안내하는 건가?"

　"그런가 봐. 어디로 갈지 궁금해."

　그런데 문라이트가 안내한 장소는 지유가 제일 좋아하는 아이스크림 가게였어.

　지유가 문을 열고 들어가자 기다렸다는 듯 안내 방송이 나왔어.

　"지유 님, 민준 님. 주문하신 아이스크림 나왔습니다."

　지유는 이상하다고 여기면서도 일단 아이스크림을 받았어. 지유가 가장 좋아하는 쿠키 아이스크림이었지. 민준이의 아이스크림은 민준이가 가장 좋아하는 초콜릿 아이스크림이었어.

　"내가 가장 좋아하는 아이스크림이잖아. 누가 어떻게 알고 주문한 거지?"

그때였어. 문라이트가 말했지.

"제가 주문했어요. 지유 님이랑 민준 님이 너무 긴장한 거 같아서
요. 두 분의 SNS를 보니까 쿠키 아이스크림과 초콜릿 아이스크림
을 좋아하시는 것 같더라고요."

문라이트가 사용한 기술은 라이프로깅이었어. 문라이트가 온라
인에 기록된 지유와 민준이의 정보를 찾아서 취향을 알아낸 거였
지. 아이스크림 가게에서 흘러나오는 노래도 지유와 민준이가 좋
아하는 노래로 바뀌었어.

지유는 아이스크림을 한 입 먹으니 긴장이 좀 풀리는 것 같았어.

"잠깐이지만 쉬고 나니까 더 힘이 나는 거 같아. 민준아, 이제 출
발할까?"

"좋아. 나도 기운이 나네."

이번에는 문라이트가 말했지.

"그럼 이제 본격적으로 2단계로 가 볼까요?"

"좋아요! 한번 해 보자구요!"

증강 현실이란 무엇일까?

증강 현실에서 '증강'은 한자로 더할 증(增), 강할 강(强)이야. 그러니까 '현실을 더 강하게 만들어 준다.'는 뜻이지.

증강 현실 기술은 우리가 사는 현실 세계에 디지털 기술을 더해서 더 편리한 생활을 할 수 있게 만들어 줘.

우리 주변에서 제일 흔하게 볼 수 있는 게 바로 자동차 운전자에게 길을 알려 주는 내비게이션이야. 그 밖에는 증강 현실을 이용한 게임도 있고, 증강 현실로 동물의 움직임을 살펴볼 수 있는 그림책도 있어. 증강 현실을 이용해서 사진이나 동영상을 더 재밌게 만들 수도 있지. 밤하늘에 스마트폰을 비추면 별자리를 알려 주는 증강 현실 프로그램도 있고 말이야.

증강 현실 기술은 이미 우리 주변에서 많이 활용되고 있어.

일상을 기록하는 라이프로깅

'라이프로깅(Lifelogging)'은 삶을 뜻하는 'Life'와 기록을 뜻하는 'Log'의 합성어야. 현실 세계에서 경험한 활동이나 생각을 데이터로 저장해서 활용하는 걸 말하지.

우리에게 가장 익숙한 라이프로깅은 바로 SNS야. 우리는 SNS에 글을 쓰고 사진을 찍어서 공유하면서 가상 세계에 우리 생활을 기록해. 내가 어디에 있는지, 누구와 함께 있는지, 어떤 생각과 기분을 가졌는지 말이야.

의료 정보를 기록하는 라이프로깅도 있어. 특히 스마트워치의 발전으로 체온, 체중, 혈압, 맥박 같은 신체 정보가 기록되면서 의료용으로 사용되기도 해.

증강 현실과 라이프로깅이 더 발전하면 일어날지도 모르는 일

미래에는 초소형 컴퓨터가 내장된 안경을 통해서 나에게 필요한 정보가 증강 현실로 나타날지도 몰라. 여기에 라이프로깅이 활용되면 내가 생각하기도 전에 나한테 필요한 물건을 미리 알 수도 있지.

하지만 이런 기술 발전이 항상 긍정적이기만 한 것은 아냐. 증강 현실로 너무 많은 정보를 얻다 보면, 상상력을 잃게 될지도 모르거든. 또 라이프로깅이 너무 발전하면 미래에는 나 혼자만 알고 싶은 '사생활'이 아예 사라질지도 모르고 말이야.

그러니까 기술의 발전은 항상 좋은 점과 나쁜 점이 동시에 있을 수 있다는 걸 알아 둬야 해.

어썸 시티
안전 모드

문라이트가 말했어.

"자, 이제 플로피 디스크를 사용하러 가 볼까요?"

"근데 플로피 디스크가 뭐예요?"

지유가 묻자 문라이트가 대답했어.

"플로피 디스크는 1990년대에 주로 사용하던 데이터 저장 장치예요. USB의 옛날 버전이라고 보면 되지요."

지유가 다시 물었어.

"그런데 옛날 컴퓨터 저장 장치는 어디에 쓰려고요?"

"다크 팰리스는 엄청난 해킹 능력을 갖고 있을 거예요. 그만큼 해킹을 방어할 능력도 있겠지요. 웬만한 기술로는 다크 팰리스를 뚫을 수 없어요. 하지만 플로피 디스크는 지금 기술에 비하면 너무 느리거든요. 빨리 달리는 자동차를 타면 가만히 서 있는 사람을 제대로 볼 수 없지요. 그것과 비슷한 원리예요."

지유가 말했어.

"그럼 플로피 디스크만 있으면 되나요?"

문라이트가 머뭇거렸어.

"아니에요. 함께 쓸 구형 컴퓨터가 있어야 하는데……. 너무 멀리 있어요. 145킬로미터나 떨어진 전자 상가에 있어요."

지유가 활짝 웃었어.

"구형 컴퓨터라면 우리 집에 있어요!"

민준이가 이어 말했어.

"아, 맞다! 아주머니가 오래된 컴퓨터를 모으신다고 했지?"

지유는 엄마에게 바로 전화해서 그동안 있었던 일을 설명했어. 엄마는 지유가 장난친다고 생각했지.

하지만 지유가 집으로 가서 플로피 디스크를 건네자 깜짝 놀랐어.

8인치 플로피 디스크를 다시 보게 될 줄이야. 잠깐만. 이걸 쓸 수 있는 컴퓨터를 가져올게.

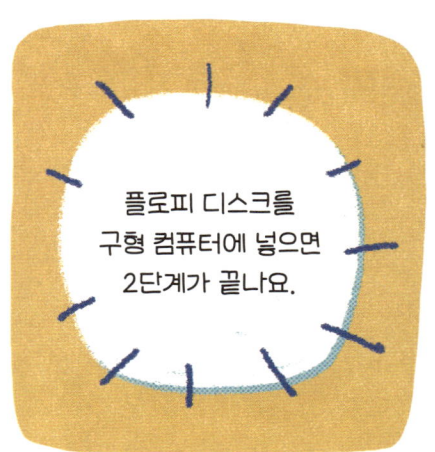

플로피 디스크를 구형 컴퓨터에 넣으면 2단계가 끝나요.

이것 보렴. 이게 바로 1990년대에 쓰던 컴퓨터야.

우와~ 먼지 하나 없어~

끙차

근데 선샤인이 말한 메타버스의 의미랑 이 구형 컴퓨터가 무슨 관련이 있는 거지?

메타버스는 컴퓨터의 발전이 있어서 가능했던 거니까. 몇십 년 전에 컴퓨터가 먼저 발명되고, 계속 기술이 발전하면서 여기까지 온 거란다. 자, 이제 플로피 디스크를 넣어 보자.

오~

그렇구나!

이건 뭐예요?
처음 보는 화면인데.

Welcome to freedos

c:/>_

도스(Dos)라고 해요.
윈도(Window) 운영 체제
이전에 쓰던
프로그램이지요.
쓰는 방법은
아주 간단해요.

awesomecity.exe라고 쳐 보세요.

어?
화면이 바뀌었어!

어썸 시티

안전 모드 진입 활성화! 아래 IP로 접속하세요.

050.530.22.381

여긴 어썸 시티
안전 모드예요.
이제 스마트폰에
IP 주소를
입력해 보세요.

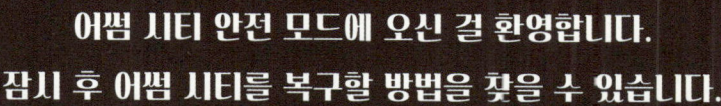

어썸 시티 안전 모드에 오신 걸 환영합니다.
잠시 후 어썸 시티를 복구할 방법을 찾을 수 있습니다.

하지만 문라이트는 걱정스러운 말투로 말했지.

"이상하네요. 원래 3단계는 그냥 까만 화면에 복구 버튼만 나와야 하는데⋯⋯. 이 마을이랑 숲길은 뭘까요? 뭔가 달라졌어요."

메타버스와 컴퓨터

메타버스는 컴퓨터의 발전과 아주 밀접한 관계가 있어. 메타버스는 컴퓨터 안에서 만들어지는 거니까 말이야.

최초의 컴퓨터는 ABC(Atanasoff-Berry Computer)야. 1939년에 만들어졌어. 무게가 320킬로그램에 크기는 웬만한 책상보다 컸어. 하지만 할 수 있는 건 수학 방정식을 푸는 정도였지.

1970년대 이후에야 개인용 컴퓨터가 등장했어. 지금은 아이폰으로 유명한 애플의 '애플II'라는 컴퓨터도 있었고, 개인용 컴퓨터라는 뜻의 PC(Personal Computer)라는 말을 만든 IBM PC도 있었지.

이때는 흑백 화면에 하얀 텍스트를 입력해서 쓰는 도스(Dos)라는 운영 체제를 주로 썼었어. 1990년대 중반이 되어서야 우리에게 익숙한 '윈도(Window)'를 운영 체제로 주로 쓰기 시작했단다.

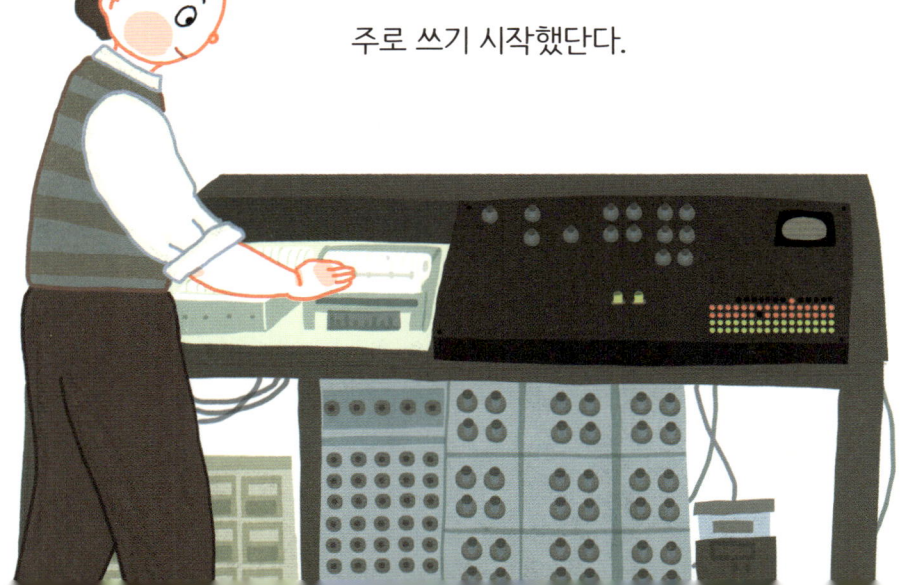

스마트폰의 등장

2006년, 미국의 애플에서 아이폰을 출시하면서 본격적으로 스마트폰의 시대가 열렸어.

굉장히 많은 종류의 스마트폰이 있지만, 기계를 작동하는 운영 체제로 보면 두 가지로 분류할 수 있어. 구글의 '안드로이드'와 애플의 'IOS'지.

스마트폰은 전화 기능은 물론이고, 컴퓨터를 대신할 수도 있고, 동시에 카메라를 대신할 수도 있어. 이제는 컴퓨터보다 스마트폰을 더 많이 사용하는 시대가 된 거야.

많은 사람이 스마트폰을 쓰기 시작하면서 메타버스 역시 빠르게 발전했어. 스마트폰을 통해서 볼 수 있는 메타버스 세계를 생각해 봐. 가상 세계와 증강 현실, 라이프로깅과 거울 세계까지. 이 모든 걸 스마트폰을 통해서 경험할 수 있잖아.

미래의 스마트폰

최초의 컴퓨터부터 스마트폰까지 역사를 살펴보면 한 가지 흐름을 발견할 수 있을 거야. 바로 크기는 점점 줄어드는데, 성능은 점점 좋아진다는 사실이지.

오늘날의 스마트폰에는 정말 다양한 기능이 있어. 카메라, 컴퓨터 기능은 기본이고, 전용 펜슬을 가지고 그림을 그리거나 디자인을 할 수도 있어. 스마트폰을 신용 카드처럼 사용할 수도 있고 말이야.

또 기술이 발전하면서 물에 빠트려도 고장 나지 않는 방수 기능을 가진 스마트폰도 생겼어. 종이처럼 접을 수 있는 스마트폰도 생겼고, 종이처럼 돌돌 말 수 있는 스마트폰도 생겼지.

10년 뒤에는 과연 어떤 스마트폰이 나올까? 투명한 스마트폰이 나올까? 어쩌면 슈퍼컴퓨터보다 성능이 좋은, 손톱만 한 스마트폰이 등장할지도 몰라!

다크 팰리스와의
싸움

물방울21로 안전 모드에 접속한 지유는 걱정하는 문라이트에게
말했어.

"다른 방법이 없잖아요. 여기서 방법을 찾아봐야죠."

물방울21은 아무도 없는 길을 걸었어. 그런데 갑자기 숲으로 들
어가는 입구 앞에 거대한 괴물 하나가 나타났지.

"나는 해커, 다크 팰리스. 안전 모드에서도 어썸 시티는 내

거야!"

문라이트가 당황해서 말했어.

"아니, 여길 어떻게 안 걸까요? 일반적인 방법으로는 찾을 수가

없었을 텐데……."

다크 팰리스와 대결하시겠습니까?
승리 확률
0.001퍼센트입니다.

안전 모드에 오니 힘이 많이 약해졌네. 원래대로라면 너 같은 건 0.00000001퍼센트의 승리 확률도 안 나올 텐데.

확률 0.001퍼센트는 그냥 0퍼센트나 마찬가지 다니야?

삐릭!

승리 확률 1.001퍼센트입니다.

앗! 승률이 올라 갔잖아!

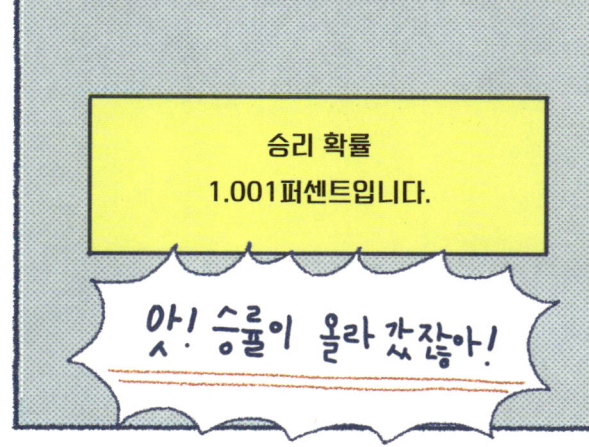

이 몸 등장!

짠~

비상 상황이니까 가만히 있을 수 없지요. 아무리 확률이 낮아도 어썸 시티를 포기할 순 없잖아요.

근데 누구세요?

아, 제 소개를 안 했네요. 저는 문라이트예요. 목소리로만 듣다가 직접 만나니까 어때요?

정말 기뻐요! 혼자가 아니라서 너무 다행이고요. 그리고 너무 귀여워요!

껄껄껄

그래 봐야 1.001퍼센트인데 뭘 할 수 있겠어?

하하하

나도 도와줄게

빠빅!

블루씨도 등장!

승리 확률
1.002퍼센트입니다.

너 같은 캐릭터가 백 명이 와도
고작 저 강아지 한 마리만 못하는데
어떡하냐?

잠시 후…….

근데 너야말로 어떡하냐?
지금 수많은 유저가 몰려오고 있는데?

내가 인터넷 커뮤니티에
글을 올렸어.
다크 팰리스를 물리칠 수 있게
도와 달라고.

순식간에 어썸 시티 안전 모드에 삼천 명이 접속했어.
승리 확률은 4.001퍼센트가 됐지. 하지만 이제 시작이었어.

삐빅!

삐빅!

삐빅!

어썸 시티는 우리가 지킬 거야!

말도
안 돼!

삐빅!

모두
접속~!!

우리가 지키자!

곧 안전 모드에 접속한 캐릭터가
십만 명이 됐지.

삐빅!

삐빅!

삐빅!

삐빅!

삐빅!

삐빅!

삐빅!

삐빅!

삐빅!

으~ 이럴 수가..

이제 승리 확률은
100.1퍼센트였어.

인공 지능이란 뭘까?

인공 지능의 의미를 알기 위해서는 우선 '지능'의 의미를 알아야 해. 미국 코넬 대학의 로버트 스턴버그 교수는 지능에 대해 이렇게 설명했지.

✓ 문제를 풀기 위해 필요한 정보를 분석하는 능력.

✓ 알고 있는 정보와 새로운 정보를 활용하여
  창의적으로 문제를 해결하는 능력.

✓ 해결 방법에 따라 실제로 행동하는 능력.

그러니까 인공 지능은 이 세 가지 능력을 발휘할 수 있는 컴퓨터 시스템을 말하는 거야.

$$\frac{A_1 A_2 + B_1 B_2 + C_1 C_2}{\sqrt{A_1^2 + B_1^2 + C_1^2} - \sqrt{A_2^2 + B_2^2 + C_2^2}}$$

$$\lim_{x \to a} (f(x) \pm g(x)) = \ell \pm m$$

$$\lim_{x \to a} [f(x) - g(x)] \lim$$

$$f = \{(x, y) \in R^+ \times R \mid x = a^y, a > 0, a \neq 1\}$$

$$z_1 = a \begin{vmatrix} D_1 & B_1 \\ D_2 & B_2 \end{vmatrix} - b \begin{vmatrix} D_1 & A_1 \\ D_2 & A_2 \end{vmatrix}$$

$$a^2 + b^2 + c^2$$

$$\left(\frac{4}{3}\right)^x + \left(\frac{3}{4}\right)^x = \frac{52}{12}$$

$$(x)(2x + 3) = 90$$

$$2x^2 + 3x - 90 = 0$$

$$(2x + 15)(x - 6) = 0$$

$$4\frac{10}{15} - 4\frac{2}{5} + 6\frac{1}{3} = \frac{(15 \times 4) + 1}{15}$$

딥러닝 인공 지능

인공 지능을 개발하던 초기에는 사람이 입력한 규칙을 토대로 인공 지능이 움직이는 방식이었어. 처음에는 그 행동이 마치 '지능'이 있는 것처럼 보였지.

하지만 이 시기의 인공 지능은 어려운 수학 문제를 푸는 일은 정말 잘했지만, 창의적인 일은 하지 못했어.

그래서 등장한 게 '딥러닝 인공 지능'이야. 딥러닝 인공 지능 방식을 한마디로 말하자면 '스스로 학습하고 판단하는 인공 지능'이지. 여러 많은 정보를 주면 인공 지능 프로그램이 스스로 정보를 분류하고 판단하는 방식이란다.

$n(B \cap C) = 22$

$n(B) = 68$

$n(B \cup C) = n(B) + n(C) - n(B \cap C)$

$y = ax$

$0 < a < 1$

$(0, 1)$

$$\int_0^a \frac{dx}{\sqrt{a^2 - x^2}} = \frac{\pi}{2}$$

$$\frac{g_1}{g_2} = \left(\frac{R_2}{R_1}\right)^2 = \left(\frac{R_1 + h}{R_1}\right)^2$$

$$\int_0^a \sqrt{a^2 - x^2}\, dx = \frac{\pi a^2}{4}$$

빅데이터와 인공 지능

딥러닝 인공 지능은 '빅데이터'의 발전과 아주 깊은 관계가 있어. '빅데이터'는 디지털 환경에서 만들어지는 많은 양의 데이터를 말해. 인공 지능에게 줄 수 있는 데이터의 숫자가 많으면 많을수록 인공 지능이 더 정확한 판단을 내릴 수 있지. 사실 '빅데이터'는 앞서 살펴봤던 메타버스의 한 종류인 라이프로깅과도 깊은 관계가 있단다. 라이프로깅도 사람들의 정보를 수집하고, 활용하니까 말이야.

이처럼 '빅데이터'가 사람과 인공 지능에게 큰 영향을 준다는 걸 생각하면 신기하기도 해.

인공 지능의 미래

인공 지능의 마지막 목표는 '진짜 사람처럼 생각하고 행동하는 디지털 지능'을 만드는 거야. 앞으로 기술이 계속 발전하면, 실제로 이야기에 등장했던 '문라이트' 같은 인공 지능이 등장할지도 몰라. 어쩌면 '다크 팰리스' 같이 나쁜 인공 지능도 생길지 모르지.

그런데 정말 사람처럼 생각하고 행동하는 인공 지능이 탄생하면 어떤 일이 벌어질까? 물질적인 가치를 기준으로 인공 지능을 활용할 수 있는 폭이 달라지면, 사회 불평등 문제가 생길 수도 있고, 생명을 하찮게 여기는 풍조가 생길지도 몰라.

함께 살아가는
메타버스

　며칠이 지났어. 지유와 민준이, 그리고 문라이트와 수많은 캐릭터가 모여 다크 팰리스를 물리쳤던 게 정말 꿈만 같았지.

　오늘도 지유는 평소와 다를 바 없는 평범한 하루를 보냈어. 학교에 다녀온 뒤에 온라인으로 수학 강의를 들었어. 민준이랑 같이 도서관에서 책을 빌렸고, 같이 떡볶이를 먹으러 가기도 했어. 현실 속에서 지유는 그냥 평범한 초등학생이었어.

　하지만 어썸 시티에서는 달랐지.

어썸 시티

시즌 2 시작!

‘물방울21’은 이제 어썸 시티에서 가장 유명한 캐릭터가 됐어.

“와, 어썸 시티를 구한 히어로, 물방울21이다!”

지유뿐만이 아니었어. 민준이의 캐릭터 ‘블루씨’도 모르는 사람
이 없었지.

물방울21과 블루씨는
어썸 시티의 영웅이야!

앗!

안녕!

"블루씨! 진짜 꼭 한 번 만나 보고 싶었어요!"

어썸 시티를 관리하는 AI 문라이트와 선샤인이 친하게 지내는 캐릭터는 물방울21과 블루씨, 딱 이 둘밖에 없었거든.

문라이트와 선샤인이 말했어.

"우리와 놀고 싶으면 언제든지 이야기해요. 물방울21과 블루씨를 위해서라면 언제든 시간을 낼 수 있어요."

하지만 물방울21과 블루씨가 항상 즐겁기만 한 건 아니었어. 모두가 이 둘을 좋아하는 건 아니었거든.

물방울21 진짜 재수 없어.

이유는 묻지 마.

그냥 재수 없으니까.

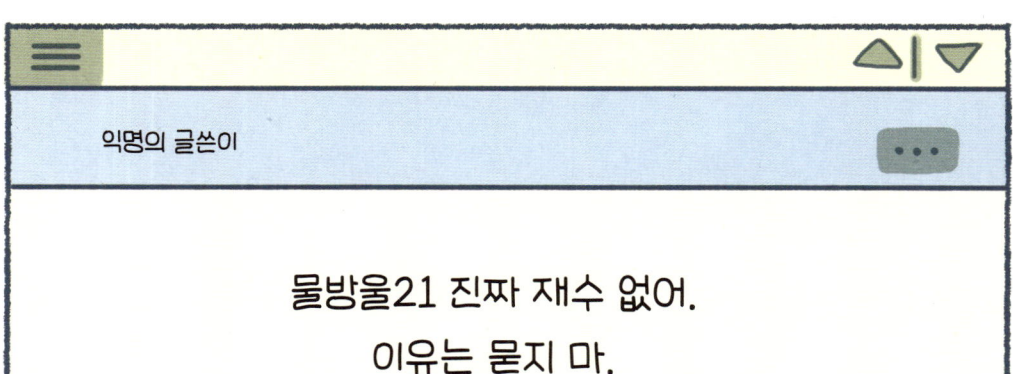

지유는 글쓴이를 찾아서 똑같이 재수 없다고 말해 주고 싶었지만,
꾹 참았어. 똑같은 사람이 되긴 싫었으니까.

주말이 왔어. 이번 주말에는 지유네 가족이 다 같이 캠핑을 가기로 했지.

민준이가 말했어.

"그럼 오늘 어썸 시티에 안 오는 거야?"

"아냐. 캠핑장에서 스마트폰으로 접속하면 되지. 연락할게."

그런데 막상 캠핑장에 가 보니, 캠핑장이 산속 깊숙이 있어서 인터넷 신호가 잡히질 않았어. 알고 보니 아빠가 일부러 그런 캠핑장을 고른 거였어.

"요새 지유가 너무 어썸 시티에 빠져 사는 것 같아. 기분 전환도 하고 자연도 느꼈으면 해서 온 거야."

지유는 정말 화가 많이 났어. 어썸 시티에 접속을 못 한다니, 친한 친구들과의 모임에 가지 못한 기분이었지.

하지만 캠핑장에서 시간을 보내다 보니 금세 생각이 바뀌었어.

어썸 시티 같은 메타버스 안에서는 느낄 수 없던 게 느껴졌거든.

멀리서 불어오는 시원한 바람, 나무 위에서 지저귀는 새소리, 얼음같이 차갑지만 맑고 투명한 시냇물, 아빠가 고기를 굽는 소리와 냄새, 엄마가 웃을 때마다 보이는 엄마의 덧니, 시간에 따라 달라지는 하늘의 색과 밤하늘의 별…….

이런 것들은 메타버스에서는 느낄 수 없는 거였지.

"내일 어썸 시티에 접속하면 오늘 느꼈던 걸 친구들한테도 얘기 해 줘야지."

캠핑장에서 돌아온 지유는 며칠 후 민준이와 함께 메타버스와 관련된 기사를 싣는 잡지사, '썸머북'과 인터뷰도 했어.

썸머북의 기자는 이렇게 물었어.

"어썸 시티에서 유명인으로 생활하는 것과 평범한 초등학생으로 생활하는 것 중 어떤 게 더 좋아요?"

지유는 고민 없이 대답했어.

"현실 세계와 가상 세계 중에 하나만 고를 수가 없어요. 모두 사랑하는 제 삶이니까요. 하지만 이것 하나는 확실하게 알아요."

"뭔데요?"

"현실이 있으니까 어썸 시티가 있다는 거요. 현실이 없다면 어썸 시티도 없어요!"

사람들이 살아가는 메타버스

우리는 메타버스 세계 안에서 나의 생김새나 나이, 특징을 새롭게 만들어 내. 그래서 현실의 나와 메타버스 안의 나는 전혀 다른 존재라고 생각하기도 하지.

또 어떤 사람들은 캐릭터를 통해서 다른 사람들을 비난하고 놀리는 걸 아무렇지도 않게 생각해. 그러면 안 된다는 걸 알면서도 캐릭터가 한 일은 현실의 내가 한 일이 아니라고 착각하는 거야.

게다가 얼굴을 마주하지 않는 비대면 상황에서 서로를 비난하다 보면 그 정도가 점점 심해질 수도 있고 말이야.

그러나 메타버스 안에서도 우리는 현실 세계와 똑같이 생각하고, 똑같이 감정을 느껴. 그러니까 현실 세계에서 하면 안 되는 행동은 메타버스 안에서도 하면 안 돼. 비록 내가 새롭게 만들어 낸 캐릭터라 할지라도 캐릭터가 하는 행동과 말은 내가 하는 거니까.

현실 세계에서나 메타버스 안에서나 상대방을 배려하고, 존중하는 마음, 규칙을 지키려는 마음을 잊어선 안 돼.

메타버스와 현실 세계의 관계

맨 처음 살펴봤던 메타버스의 뜻을 다시 한번 떠올려 볼까? 메타버스는 '아바타로 살아가는 사이버 세상'을 말해. 메타버스의 사이버 세상은 현실 세계를 본떠서 만들지. 혹은 현실 세계에 어떤 정보나 설정을 더해서 만들기도 하고 말이야.

메타버스는 현실 세계의 일상생활을 편리하게 도와주는 역할을 하기도 해. 또 정말 신나는 놀이터가 되기도 하고, 현실 세계에서는 만날 수 없는 다양한 친구와 이야기 나누게 해 주지. 이제 메타버스가 없는 세상은 상상하기가 어려워.

하지만 우리가 꼭 알아 둘 게 있어. 메타버스는 현실 세계 없이는 존재할 수 없다는 사실이야. 현실 세계가 있고, 그다음에 메타버스가 있는 거야. 메타버스만 있는 세상은 있을 수 없어. 메타버스는 현실을 본떠서 만든 거니까.

앞으로도 한동안 메타버스는 사라지지 않을 거야. 어쩌면 우리의 생활 속으로 더 깊숙이 들어올지도 모르지. 그러니까 메타버스를 즐기고 경험하는 동시에 현실에서의 중요한 가치도 잊지 않아야 해.

'알지YOU'는 초등학교 저학년을 위한 지식 동화 시리즈입니다.

엄마와 아빠가 아이들에게 알려 주고 싶은, 또 사회의 한 구성원으로 성장하며

꼭 익혀야 할 사회, 과학, 문화 등 다양한 주제를 담고 있습니다.